JN089262

歌集

かぼちやに変はる

中川宏子

角川書店

かぼちゃに変はる*目次

コロナ以前

二〇一一年五月から二〇一九年十二月まで

太陽の手　9
奥山心を悼む　12
山霧　15
さみしい人だけお座りください　19
クラムボンの笑み　26
幼きあを　或るいぢめ事件　32
らくたん　35
たましひの器―癌発見される―　39
鳴釜神事　50
生命樹（セフィロト）―さみどりな生―　54
月光浴　60
雀と遊ぶ〈ベルリン紀行〉　64
不可思議な季節　74

青を発して　82
恩人の死　88
新年会に師の顔仰ぐ　92
真ん中に座ればひとは　96
かぼちゃに変はる　104
ひなを眠らす　110
絵描きは絵だけ描いてをれ　116
魚（いを）は白梅、肉は紅梅　122
雀に花を　127

コロナ以後

二〇二〇年一月から二〇二三年十一月まで

コロナウイルス　133
巨星落つ　140
白さふるふる　147

花の名で　152
しのぶ会　156
三日に一度　159
デルタ株の感染力強い　161
侵略されるウクライナ　164
星めぐりの歌　173
癌ふたたび　177
オペレーション・ハイ　184

あとがき　191

装幀　片岡忠彦

歌集　かぼちやに変はる

中川宏子

コロナ以前

二〇一一年五月から二〇一九年十二月まで

太陽の手

生きるのはまぶしいつてほんたうは　欅のあひの空の青、燦

あざみ野に京の茶筅を求めれば幼き頃の母の手浮かぶ

太陽の手、月の手星の手あらはれて幼きわれの髪を直しぬ

新しき抹茶の粉の細やかさ　その心もて母を語らむ

湧きあがるさみどりの泡　無心にて茶をたてる吾の悩みの数ほど

やや蒼き鬼志野の中おだやかな湖（うみ）の広ごる午後の茶のとき

母と飲みし抹茶のにほひ　ふる里ゆ光くるなり目を瞑りたり

晩年の母の求めし赤き傘その白き水玉が泣くなり

奥山心を悼む

新しき名前は「奥山敬太」とぞ吾に告げしこゑ内耳を離れず

現世に一週間も眠る君、棺の白にさらに涙す

諏訪湖なる水の面は凪ぎてをり吾が胃の腑のやうにどんよりと水

君に似し妹さんの微笑みに吾はひたすらその手を握る

「いい子なのに最後だけは馬鹿やつて」お母さんは笑つて泣いて泣きたり

日暮れとは死者の窓かも細々と白きロープの風に吹かるる

山霧

アレグロで生きる吾らに箱根路は蛇体をなしてそは果てしなし

女とは棋盤囲まぬ夫なれど駒を落として吾の相手す

飛車角で常に勝負を急く吾（せ）に夫は笑ひて端歩（はしふ）を上げる

あと一手空けば勝ちと思ふとき玉（ぎよく）の頭に金を打たれぬ

対戦のすべては負けて灰となる嫌ぢやないのだ夫に負けても

山霧はつねに動きぬ秋風と裡なる霧をさみしみて　夜

下見ればブーツの多き車内にて三毛・黒・きじとら喩へて過ごす

雨の夜は口のしだいに尖（とん）がりてそのまま鴉になりて眠りぬ

万羽千羽のすすきの穂いつせいに天へ旅立つ月夜のあらむ

枯れゆきし芒は直ぐに空を指す晩秋の風ゆるく留めて

さみしい人だけお座りください

ブログにて友らの無事を確かめる習慣(ならひ)を終へて朝のコーヒー

東日本大震災

あのときはみんなが海になつたから散骨もいいと思(も)ふ春の夜

吉本さん、安永さんと亡くなられこの春死者の足音(あおと)でいっぱい

いつときは発展の神　ドリーとふ羊の名前忘れ去られて

雨の日の電車の中はスマートフォン族・ケータイ族とに分かれて揺れる

尖ってる傘を持ってるそのことで絆強める渋谷駅内

命日に形見のバッグ開けてみて母のティッシュがそのままにある

さらさらのストレートヘアまつさらなかなしみの透けおちて　夏雨

新しき恋人を得た後輩のレジュメをくばる手際の凄さ

朝焼けが励ますためにやって来てみんながそれを知らないと言ふ

夕焼けが慰めるためにやって来て人はそれを見てないと言ふ

一陣の夏風吹きてバス停に吉弥(きちや)結びの女が消える

わが夫の靴音ばかり食べてゐる白ペリカンになつたわたくし

風つよく樺の林を揺らすとき魁夷の描いた白馬の過(よ)ぎる

耳とペン　指と言葉のみ残される草原といふわたくしの墓処

高原に立つ教会に壱万のイースターエッグ吊られてありぬ

血の花を咲きついでゆく女とふ一生を見よ　痩せてゆく月

高原の小径（こみち）に椅子を置きました　さみしい人だけお座りください

黄の色のレンタサイクル借りる人その家族みなやはらかに笑む

こころがね小さくなるのおみやげのマトリョーシカみたいに　コ・ハ・レ・テ

クラムボンの笑み

幾百のたましひ天（そら）より降りてきて宵の川辺に蛍光らす

ほたる火はsaint-amour（聖なる・愛）ね　熱もたぬ愛を人らを信じたいけど

夏の夜に果てしもあらず飛び交ひてまろき光を放てる蛍

雄は飛び雌は草辺に瞬きてファムファタール　ファタリテ・ド・〝ほたる〟

あをがかる蛍のひかりに囲まれてあの世の河の波の間にゐる

小振りなる平家ほたるは草むらに敦盛のごと潜みをりたり

ひそやかに私の傷を縫ふやうに光とびきて前を過ぎゆく

大宮を過ぎて稲田の広がつてみちのくの入り口はまみどり

ひさかたの明るき光の仙台を過ぎて童話の里へと入りぬ

なささうでさもありなむと風は吹きイーハトーブの賢治学会

歌なかの「夕陽は黄なり」のリフレイン屋根の上なる賢治は寂しい

先生が一般席から立ち上がり「発疹チブス」の語句を正しぬ

酒粕を食へぬ馬にも心寄す「よだかの星」かもしれぬ賢治は

友らみな集ひあひきて共に聴く岡井先生の朝の講演

多田さんの車椅子を押し先生のお隣へ置く午後のひととき

車椅子の病める手を取り握手する先生は少しお痩せになつた

花巻の記念館にきてやうやくに「クラムボン」の笑み思ひ出したり

幼きあを　或るいぢめ事件

パソコンにめいる(mail)の増殖するけはひ　開かぬままに梅雨明けとなる

軽々と「死ね」と囁く邪気そぞろぞろぞろぞろ町のマンホールへと

鳥になる　ツバメになつた　否　落ちる　五秒後の　惨　そして静寂

落ち蟬の叫びのつづく真昼間に彼の見上げた空は拡がり

みどり葉のあひに露草ほろと咲き幼き者のあをと想ひぬ

ＣＤの野鳥のこゑよ朝まだき世界はいまだうつくしいと言へ

らくたん

溜め息を収めるためのポケットが流行りの服に少なくなつて

息子より「らくたん」の語を教はりて楽勝単位と知るに至りぬ

平成の大不景気を平成に生まれた子らが「らくたん」と生く

就活と名のつくセミナー開かれて〈講義・合宿〉料金細かし

アマゾンの中古書店に教科書を買ひし息子のふところ具合

骨なしのチキンを店に買ひ求め子はしなやかに背を伸ばしゆく

人の子は生まれた数だけ死ぬといふ平等をもて生まれくるなり

真白なるフェルマータの海とめどなく寄せてくるなり冬の真鶴

最後まで人魚の少女に名前すら与へてやらず小川未明は

リリアンを真面目に編みし男らが平成日本の不況を支ふ

ゼネコンに資金が流れ故郷（ふるさと）を「震災バブル」と揶揄する人ら

たましひの器―癌発見される―

良性か癌ともつかぬわが腫瘍ふたつ抱へて左腹重し

日々を痛み過ごすも主のご意思　ロキソニンの紅あはくかはゆく

卵(らん)病みて足動かなくなる真夜は人魚に変はれる痛みと想ふ

予定なき病の床に目覚めればこころの中まで雨が降つてる

赤子なら良かつたはずだがわが腹にガン巣といふ蜘蛛の子を飼ふ

有明の病院に入り月を見むこころに過(よぎ)る壬生忠岑(みぶのただみね)

ドセタキセルの作用するどくほとんどの好中球を奪ってゆきぬ

高熱が高熱を呼ぶ海潮の激しさに似てもう四十度

免疫のないわが体　たくさんの薬のみにて生かされてゐる

点滴の穿刺の達人ヤマザキさん銀のトレーを光らせ歩む

ひねもすをベッドに伏せて起きることあたはず五月連休

点滴のしづくの音なく落ちてゆきわたしの代はりに泣いてくれてる

美しい宵を見たんだ　神様の腕(かひな)が車を岸に渡しぬ

生き場所であり死に場所である病院のカーテン透かしてひかり入りくる

たましひの器としての肉体を愛しむために病たまはる

癌といふ文字の中なる口三つもうあの人は…と囁かれむか

カンファレンス終へしのちの主治医師の言葉の歯切れ良さを信じぬ

はるかなるレインボーブリッジ桜さく春陽のもとに渡りてみたし

うつすらと汗をかきつつ訪ひし息子は紺のスーツ姿で

安らげるわれの傍ら履歴書を迷ひつつ書く息子なりけり

就活といふ略語のできた現代に黒きスーツの学生うごめく

三人に一人は癌になるといふ佐伯さんの歌集『流れ』を手繰る

潰されしアルミ缶と吾を想ふまで凹みきりたり　空は群青

四十年卵(らん)を産みし職人の臟器を今は誉めてやるべし

八時間オペしたのちに性格は変はらないのか　おい春の雲

退院と聞けば遠足気分にて読みし本らをつぎつぎ詰める

水仙のはつかな破れわれと似て傷跡のこる腹をさすりぬ

二週間何も書けずに詠へずにただ存在の二字に縋(すが)りぬ

小鳥鳴く声のあはひに春の陽がテレビの裏まで明るくしをり

たわわなるうすくれなゐの馬酔木花さみどりのなか燃えてゐたりぬ

昏き淵覗きこんでるかたはらに白花揺れる　射干のひとむれ

鳴釜神事

鯉山のこひの尾鰭の森ふかく吉備津神社のきだはし長し

起伏ある板の廊下のはろばろと御釜殿より古き香のくる

「ふつうにねお参りください」畳間の奥に御釜は炊かれてをりぬ

火を守る女性凜々しくたづねれば午後の二時には消火しますと

鳴釜の神事おそろし雨月にて狂へる女が中空過(よぎ)り

風かろき廊下の闇の石柱「中川伐桓」の文字にとまどふ

木廊下の出口の近く苔むして岡山大空襲の石碑は

中川のルーツなる地の弓道場　女子高生の紺袴良し

山陽道栄えし処まみどりに濡れぬれてをり吉備津の真夏

生命樹（セフイロト）――さみどりな生――

わたしには晩年がないさみどりの葉のつややかに雨に打たれる

屋根のない病院と呼びし牧師ゐき　森に棲まうよ森にいかうよ

一面に白き粒子をみなぎらせ夜霧はふかく森と交はる

傷跡を隠しながら入る「トンボの湯」水面にただよふ薄荷のみどり

春楡のテラスの珈琲ほろ甘く生きてゐるつて美味しいんだね

わが病に離れていく友人を許さうとした　夕立がきた

朝みどり昼にさみどり夜みどり　さあ光合成をはじめませうね

オオルリのひとときは高く鳴くあたり生命樹（セフィロト）あらむと手を伸ばしたり

死なないでと　大鳥は鳴き急ぐなと葉が揺れてゐる鶴溜（つるだまり）なり

右足が生、左足が死と交互に出せば歩みはただの煩悩ならむ

信州のベリィジュースの青々と胃の腑へ落ちてゆくまでの快

わたくしの庵に遊びに来た人は熊除け鈴を鳴らしてください

山荘に白きものを集めてる私の灰は真つ白であれ

沢村のいちじくパンを齧りつつ病みてより良き香りでゐたい

まみどりのハデスの舌を震はせて春楡は風に揺らぎやまざり

真上にてあさあさに鳴く鶯を「うちの子」と呼ぶやうになる

太陽と月の気持ちが湧いてくる　けふは月にて寝たままでゐる

月光浴

げつくわうよくげつくわうよくしろがねの涙の生（あ）れるからだください

靴音が潮騒になる改札のベンチに待ちぬ宵のかたすみ

これ以上治療はしないと意を決す秋の夜更けにチェンバロの音

秋風に吹かれる眼鏡しあはせは永遠(とは)に触れえぬ水晶のやう

泣きながら書く日の増えてしまひには水飴になつちまふつてさあ

稲葉峯子さんを悼む

稲の葉がしづかに揺れた　また電話してねと言ひし人夜に逝く

会へばまた長い握手をするはずの稲葉さん細い指であつた

腕を組み彼女を抱へて幾度も吾はこころを支へられたり

過去形で書けばもう涙してうづらの卵眼から産みたし

亡き兄の声を聞くためわが甥を電話口まで呼びだすゆふべ

白鳥のやうな面影　ふる里の伊豆沼に集ふかなしみたちは

雀と遊ぶ〈ベルリン紀行〉

ベルリンは興味深い都市である。焼夷弾の痕跡のままの伝統的建造物と政策の一環としてデザインされた郊外のマンション群、それと若者のアートとも言えるスプレーを使った夥しい落書き。保護の反面でリノベーションが進められている途中の不思議な雰囲気である。

半壊のステンドグラスあをあをと教会の鐘澄みわたりゆく

空爆に壊れし塔をそのままに教会前を毎日通る

傍らのクリスマス市に人々はグリューワイン（ホットワイン）を持ちて語らふ

日本人であることが待ち合はせの目印となるお互ひに「わかりますよね」と

どの駅も階段多きベルリンは老人多き日本と違ふ

ブランデンブルク門

ブランデンブルク門をくぐるときしづかなる菩提樹のかなしみに遭ふ

この門を潜れば昏き水源のわが身に生れてしばし佇む

胸に手を当てつつ門をくぐるとき「日本人（ヤパーナリン）」と婦人のこゑす

統一前は門柱ごとに衛兵ら立ちたる門に風が通りき

「統一（アインハイト）」と言へば東西の統一を意味する言葉重たし

近代美術館

戦争があたかも昨日のことのやう　空爆フィルムアートの中の日本は

「僕達はウィトゲンシュタインは読まない」と題された若者のアート作品

落書きは消されぬままに若者の荒れたるこころS字に曲がる

大鏡デパートにあり平面(フラット)な日本人のわれ隈なく映す

日本よりさらに規則の国であり赤信号に誰もが止まる

遠き日に親睦深めし日独伊　大使館いまだ隣り合ひたり

Weltfrieden（世界平和）の言葉はるけく冬冷えのシュプレー川の流れうつくし

ユダヤ人犠牲者記念碑

ブランデンブルク門より歩きてすぐにユダヤ人犠牲者記念碑（デンクマール）あり

均等に柩のオブジェ並べられなべて灰色　二千七百十一基

木も花もなき犠牲者記念碑（デンクマール）に佇みて地面の底から冷えてくるなり

「ヒロシマ通り」といふ名の道ありて同胞と思(も)ふ朝のひととき

バーガーキングの高き椅子に這ひのぼる私を見てるアジアのをとこは

「焼夷弾(ナパーム)」を「日本(ヤーパン)」と聞き違へ悩むこと一日　類音を調べぬ

冬枯れの菩提樹の枝拡がりて石畳靴音のみがあまた響きぬ

リンデン通りのベンチに座る人なくフェンスに寄りかかりて水飲む

こちらより日本(あなた)を見ればほんたうに亜米利加に近い島々の国

地下道に一羽の雀が階段を上るでもなくわが傍らにをり

ベルリンに一人で来ればもう少し生きたくなつて雀と遊ぶ

不可思議な季節

吊るし雛あけ色の毬あざやかに直ぐに垂れたりわたしの沼に

吊るされし短冊の間にふくふくとおかめの面（おもて）揺れゐる弥生

片手では隠しきれない下腹部の傷を覆ひて薬湯に入る

ぽんかんの五つは床に転がりてがん闘病記書きし友逝く

水仙のつぼみの白くわが内の再発怖る術後一年

生存率われは思ふに不可思議ながんの季節を生きてゐるなり

大雪の降りたるま昼雪うさぎ盆の上にてつぎつぎ作る

自鳴琴(オルゴール)カノンの音色さえざえと美しき夜に四肢は痺れぬ

咲きかけの薔薇のことばで話すから春の海辺にもう少しゐて

ひとすぢのかなしみの黒幾万本毛根紅き毛の抜けし去年(こぞ)

三頭のロングウィッグ並べては一緒に眠る北向きの部屋

この髪がもとの長さに伸びるまでここにゐるよと鏡に誓ふ

これからは好きなことをしてくださいセカンドオピニオンの医師の笑み

人間は致死率百パーセントなり春の風船ぽおーんと打ちぬ

米国の癌レポートを読みあさりそれほどまでに生きのびたいか

抗がん剤もう入れないと決めしとき病院の扉(と)は重くなりたり

医師はただデータを見てゐる黒ずんだ爪もつわたし見つめてください

ネットにて抗がん剤を学びゆくそを断らむため夜が明けるまで

無農薬トマト選ぶに艶めける真赤きいのち手にしてゐたり

たらの芽を揚げるそばから夫と子の腕と腕とがにょきにょき伸びる

やや渋き煎茶のやうな毎日をささへてくれてどうもありがたう

青を発して

水無月の母の命日うす青の母のコートに身を包みたり

ふる里は父母と同じく天にあらむ変はらぬままに青を発して

後遺症の腹痛といふ頭陀袋ゆたゆた提げて歌会にむかふ

水無月の雨降りつづき短歌とふかなしき器に火を入れはじむ

生きるとふノイズあふれて歩む街ティッシュは二つ渡されてゐて

風船に星を入れたらどんなにかきれいだらうな夜の公園

たとふれば奥歯の痛み　見限りて遠ざかりたる友の横顔

おだやかに埋葬方程式解かれゆき「し」の不在がきらめいた

感嘆詞ヤバイに埋めつくされてゐる電車が朝の多摩川渡る

ぶら下がるおんなじ模様靴下はいいなあいつも相棒がゐて

絶え間なき夜の雨音を聴くうちに訳なくひたすら土下座がしたい

水色の羽根かろがろと錆びるまで首振りつづくあなたは昭和

呟く(ツイート)とふあやふき砂を振りこぼし夜のほとりに洋梨を剝く

リタルダンドでいいからと坂下のタナトスに言ふ　まんまるな月

月読を妊みて言葉を産む夜にこの世の果てへつづくか公孫樹

鯖寿司のさばの気持ちを想ふときうつくしき死は望むに及ばず

アスファルトの道を歩めば世の中の硬さが両の膝へとかへる

恩人の死

一日（いちにち）はピアノ曲に統（す）べられて横向きに仰向けに聴くショパン

冬の夜のオーレ・ルゲイエさしかけた傘はなにいろふかい悪夢の

病めばまた弱気なるらし極彩のきのこに踏まれ目覚める朝(あした)

田井安曇さんを悼む

真つ先に米田夫人を訪ねよと文くれし人肺病みて逝く

一見(いちげん)もなき私にこまごまと原稿用紙に助言書きくれし

耳遠く電話できずにすまないと文字は次第に小さくなりき

われ書きし活字になりたる評論の末文の捻れ問ひくれし人

いまだなほ顔のわからぬ人なればまだ此れの世に咳してゐまいか

茶封筒より厚き手紙を取り出せばかそけき音すかの声のごと

新年会に師の顔仰ぐ

新年会に師の顔仰ぐ　わたくしの亀の人生まんざらでもない

誰もみなふかくを訊かず懐に抱へきれない微笑みくれる

昼休みに白きカップの累々と並べられゆく　みな翼ある

集ひ来し人らは歌が好きなんだ　単純なことが昼陽にひかる

あさぼらけ主への祈りをふかくせり　苦手な人の良きこゑに気づく

此れの世の未練の鎖が解けるとき合掌する手を残してください

雪の日に犬は土間にて眠りこみ髭ふるはせて鼾かきをり

見上ぐれば夫の顔ある平穏を夜道のひとつの灯りと思ふ

こんこんと咳が白雪呼ぶときにふる里の風鼻先過（よぎ）る

真ん中に座ればひとは

朝一度昼に十二度夜三度やまの気温をわが身に刻む

真ん中に座ればひとは両側にゐてくれるのにけふまたはしつこ

山にゐる人はこころを洗ひなさい　もう結句まで来てゐて春は

夜パジャマ着て朝パジャマ脱ぐ日々を繰りかへしては半世紀過ぐ

眠さうなあなたはきつとしあはせね女の友の欠伸といふもの

くるしみの囁きのかたち凝(こご)りゐてはつかに揺れる木香薔薇は

聖水を悦びくれし病める友　ともにルルドの泥の香をかぐ

朝の陽に聖母マリアはたまゆらに母の顔なす祖母の顔せり

ゆりこさんから空色の手紙来て手ぶらのままに海を見に行く

らしくつてみんなが言ふがほんたうは「らしく」つて服を着てゐるんだらう

遠花火隣り町より上がりきて海辺へむかふ人らはさかな

麦わらの少女なるわれ吹かれゐて昭和のバスはぽつと来たりぬ

帽子なく行きかふ人ら日に焼けて真砂(まさご)通を海風はしる

門灯の蛍光灯をはづすとき歳月といふ錆が手につく

「昼ご飯どうしようか」とこゑのする父母(ちちはは)のゐし和室のはうから

あの時の母のリュックは今どこにあるんだらうな黒く小さな

潮風に湧きくるエナジィ水際に足浸らせていのちは息す

貝がらのジェルシールの光りゐて笑ひて入りぬ「はまべ薬局」

自転車は乗り良いわが馬　大正のハイカラさんのままに漕ぎゆく

ヤマダ君ノジマ君からメール来てでんき屋なれどまめまめしかり

ゆふぐれは海風が吹く辻堂の駅を包みぬ潮の香りは

痺れゐる手首のうへの黒き蝿　虹を吸ふごと羽はひかりぬ

かぼちゃに変はる

日常に羽あるがんが入り込みかりがね居間を翔けまはるやう

会ひたいと願ひし友に出遭ふ日は桜のもとに病（やまひ）告げれず

スイートピィ音符のかたちに枯れたままわれの窓辺に紅く点りぬ

ノートには青く野音とつづりゐてふる里の野の芹の香おもふ

午前零時かぼちやに変はる時間です　かなしみひとつ塊として

わが廻り本と薬に満ちてゐて亡母(はは)のこゑする「あんれまあ、まづ」

生前の父の口癖思ひ出づ　キズハアサイゾシツカリシロ

青空のあをが夏へと変はる朝　水素水の栓つよく捻りぬ

朱色のチリソース炒めみづみづとつがひの海老の背な大曲り

思ひ切りＢＧＭのスイッチをひねれば昭和が流れだす部屋

夏の庭をちこちにある水無月の涙型なる小湖(こうみ)のかなし

レンタルパソコン・てくまくまやこん　電波のむかうにつづく戦さは

散歩道犬と呼吸がぴたり合ふ心臓病もつ老犬なれど

暗がりに溜る子らにも慣れてきて都知事選挙の話切りだす

コンビニは夜(よ)の宇宙船　バス停に降りし人らを一列に吸ふ

ひなを眠らす

山鳩のこゑは恩寵　あさぼらけあれはウチにて産まれたる子

ひなひなと翔べなくなつたたましひをショパンの曲はひなを眠らす

丸眼鏡さがすための角眼鏡ありてまくら辺銀を光らす

河野さんの歌集『歩く』を思ひ出す　這ひずつてなほ進まなくつちや

タナトスに挨拶をしに、しに、九月あめ降る昼に海を見にいく

スモーキィリーフに小さき黄の花あまた咲き冬近き日の宵のぼんぼり

御苑にて共に桜を見し友が受洗しましたと電話かけくる

わが世界解凍中にてほろんほろ涙のやうに身よりでる水

中川宏子歌集『かぼちゃに変はる』 栞

走り続ける短歌 ……… 三井　修　3

生きる方へ――愛すること　信じること ……… 森川多佳子　6

辛酸苦やがて甘 ……… 堀田季何　9

走り続ける短歌

三井　修

中川宏子さんとは随分以前、小さな同人誌でご一緒したことがあった。また、超結社の研究会「十月会」でもしばらくご一緒していたこともあり、ご病気されたことは仄聞していたが、今回、第三歌集『かぼちやに変はる』のゲラを拝見して、改めて大変な御病気だったのだと痛感した。

点滴のしづくの音なく落ちてゆきわたしの代はりに泣いてくれてる

癌といふ文字の中なる口三つもうあの人は…と囁かれむか

四十年卵（らん）を産みし職人の臓器を今は誉めてやるべし

子宮体癌三期だったという。癌は特別な病気ではない。現在、日本人の死因で一番多いのは「悪性新生物」、即ち癌である。ただ、現在ではそれは早期発見すれば治療可能な疾患である。私の周囲にも克服した人は多い。しかし、やはりまだそれを公表しない人も多いが、中川さんはご自分の御病気のことを自ら毅然として歌い上げた。衝撃が少なかったからではないだろう。その衝撃の大きさは引用した作品からも明らかである。ただ、中川さんはその衝撃を短歌で美しく詩に昇華させた。

入院に必要なものあれこれと捜しては買ふネット社会に

手術まで十週間も待つなんて本当に多い乳癌患者は

手術のみ追加治療のなくなればなんだかけふは空が高いな

二回目の告知を受けたあとの作品である。一回目の時ほどの緊迫感はない。語弊があるかも知れないが、何となく余裕のようなものさえ感じる。しかし、勿論、二回目だからと言って不安がないわけではないであろう。だからこそ追加治療が必要ないと言われた時の安堵感が強いのだ。

いつの日も書いてる方でありました　新幹線でも発行所でも

蒼穹を見れば師の歌思ひ出す　死が仰向けに泣いている昼

夜が来て前頭葉が淋しがる　言葉ことのは　先生がゐない

二回の癌告知の間に中川さんの師である岡井隆氏の逝去の作品が挟まれている。同氏の逝去のことは「未来」のみならず現代の歌壇にとって大きな喪失であった。勿論、中川さんの悲しみは深かったであろう。「巨星落つ」という小題はいささかありきたりではあるが、作品は読者の身に深く沁みる。特に「夜がきて前頭葉が淋しがる」などという表現は感覚的である。

新しき抹茶の粉の細やかさ　その心もて母を語らむ

飛車角で常に勝負を急く吾に夫は笑ひて端歩を上げる

アマゾンの中古書店に教科書を買ひし息子のふところ具合

家族の歌も少なくない。新しい抹茶の粉のイメージの母、将棋の相手をしてくれる夫、親に経済的負担をかけまいとする優しい息子、そのような家族の思い出や思いやりが、ご自身の病気や師を失うという苦しさ、悲しさに耐える中川さんの過酷な状況の心を支えているのだ。そのような家族の歌がさりげなく配置されていることに私は好感を持つ。

こちらより日本を見ればほんたうに亜米利加に近い島々の国

完売の文字の羨しさ　目を逸らす日本のマスク無くなつた棚

青と黄の国旗は揺れて渋谷街平和を祈るデモ隊が行く

このような社会的視点の作品についても見逃す訳にはいかない。ドイツ旅行をして日本を思い、新型コロナウイルス禍から日本語の文字の深い意味を思い、渋谷の光景から平和を思っている。このようなグローバルな視野もまた中川さんの世界なのだと改めて思った。

重い病気や師の逝去といった辛い経験を潜り抜け、中川さんは走り続ける。中川さんのこの先の人生と短歌が実り多いものであることを心から祈ってやまない。

生きる方へ――愛すること　信じること

森川多佳子

幾百のたましひ天（そら）より降りてきて宵の川辺に蛍光らす

風船に星を入れたらどんなにかきれいだらうな夜の公園

魂たちが宵闇を降りてくる。蛍が魂なのではなく、魂が蛍を光らせるという感覚が独特で、蛍の明滅を見ながら、そこに見えない魂がいることを作者はじっと感じている。二首目、風船に星を入れるなんて、どうしたら発想できるのだろう。ほんのりと灯る風船、鋭く光る風船。無数の光の風船を宙に浮かばせ、魂を浮かばせ、作者の夜空は光に満ちて美しい。そして微かにかなしい。

中川宏子さんはこの十年に二度癌を患い、抗癌剤が体質に合わず、困難な時間を過ごされた。

赤子なら良かつたはずだがわが腹にガン巣といふ蜘蛛の子を飼ふ

ドセタキセルの作用するどくほとんどの好中球を奪つてゆきぬ

たましひの器としての肉体を愛しむために病（やまひ）たまはる

水仙のはつかな破れわれと似て傷跡のこる腹をさすりぬ

　一面に白き粒子をみなぎらせ夜霧はふかく森と交はる

体内に自分を滅ぼす異物が増殖してゆく違和感。「蜘蛛の子」は、癌細胞が全身にわっと拡散、転移するさまを想起させ、「赤子」とのギャップが恐ろしい。ドセタキセルは強い抗癌剤で、歌集中には「四肢は痺れぬ」「黒ずんだ爪」「三頭のロングウィッグ」などの副作用が詠みこまれる。乳癌サバイバーで、抗癌剤を経験した筆者は何度も深く頷きながら読んだ。損なわれ、不随意となった体に対峙して初めて、肉体の存在、細胞一つひとつが必死に生きて、頑張っていることに気づく。体と心が互いを引き受けあう、そんな感覚だろうか。「病たまはる」は作者がキリスト者であることを静かに証す。四首目は子宮体癌の手術痕。乳癌の手術痕を「真一文字の傷口寡黙」と言う歌もある。五首目は術後の静養をする軽井沢での歌。霧が湧き、森の深奥へ流れ、ひんやりと木々を捲く。白く立ちこめて生あるもののような霧とそれを迎えて動かない森とが互いの存在を交感する。恢復してゆく魂は生きる方へ、自らの健やかな生を志向し、森や霧や生命樹（セフィロト）の圧倒的な生へとひらかれてゆく。

　亡くなりしわれの家族が一人づつお見舞ひに来るあかときの夢

　見上ぐれば夫の顔ある平穏を夜道のひとつの灯りと思ふ

乳癌の手術を待って不安な作者の夢に、亡き父母や兄が順番に励ましに来る。歌集中にしばしば親しげに現れるタナトスやハデスはやや観念的にも思われるが、この夢の家族たちはまるで生者のように温かい。そして、作者の繊細で揺れやすい気分を支えている夫がいる。ほんとうに愛した者だけが些かの逡巡もなく、愛の存在を確信する、中川さんの歌を読みながら、そう思った。師の岡井隆への深い敬慕は歌の言葉の優しく高い格調となった。愛と信仰によって著者の魂が支えられ、救われていることが、本歌集の随所に泉のように湧き、信仰を持たない読者をも明るく澄んだ思いにさせる。

鯖寿司のさばの気持ちを想ふときうつくしき死は望むに及ばず

梅花にて支払ひできれば楽しからむ　魚(いを)は白梅、肉は紅梅

木も花もなき犠牲者記念碑(デンクマール)に佇みて地面の底から冷えてくるなり

「鯖寿司のさば」を外から無惨だと見る人はいても、「さばの気持ち」という言葉には到らない。梅花の買い物も童話のようでいて大人の歌。気取りのない上質な機知は本書の大きな魅力である。

ベルリンのホロコースト記念碑の二七一一基の石碑やウクライナ戦争への二十五首もあり、この混迷の時代への思いも深い。水仙や骨灰の白を自らの色とし、亡き近親者への思いを青に託する著者は寛解して、さらに様々な色彩を美しく詠んでいかれることだろう。「甘くて美味しい」かぼちゃを「宝物のよう」と書いて肯う中川さんの作品をこれからもずっと読ませていただく幸せを思う。

辛酸苦やがて甘

堀田季何

中川宏子の第三歌集『かぼちゃやに変はる』は面目躍如の一冊である。著者は岡井隆門下の実力歌人として世評高いが、技巧の切れに加え、何よりも、アララギ・リアリズムに連なる私性の冴えが際立っている。子宮体がん、乳がんという二度のがん闘病を核として、師・岡井隆をはじめとする身近な人間の死、息子の成長と独立、新型コロナ感染症が蔓延する中での生活と、中川宏子という人間の、二〇一一年から二〇二三年の十二年間における辛酸甘苦が隈なく描かれている。そして、その描き方において、岡井隆譲りの技巧が随所で効果を発揮しているのは言うまでもない。例えば、〈「いい子なのに最後だけは馬鹿やつて」お母さんは笑つて泣いて泣きたり〉における、四句から五句にかけての処理。「笑つて」から「泣いて」と続けるのは容易だが、そこで、「泣いて」から「泣きたり」と続けるのは非凡である。

生老病死の四苦に満ちた歌集ゆえ、泣くことを詠んだ歌は少なくない。こんな三首もある。

点滴のしづくの音なく落ちてゆきわたしの代はりに泣いてくれてる

泣きながら書く日の増えてしまひには水飴になつちまふつてさあ

頭の中が死でいつぱいになつてゐる水抜くやうに泪を流す

自分につながれている点滴が「代はりに泣いてくれてる」という見立て、下句における口語調を使ったアニミズム的幻想（喩でもある）への転じ、「死でいつぱいになつてゐる」頭を上句で提示してからの「水抜くやうに泪を流す」という直喩の妙味、手を替え品を替え、修辞が楽しませてくれるばかりか、その修辞により抒情過多に陥るのを防いでいる印象もある。

ただの修辞に留まらず、寄物陳思ないし写実（写生）などを交えることで、抒情性の表出を抑制し、程よいペーソスを導く歌も多い。アララギ・リアリズムの良さがある。次の二首など、むしろ抑制することにより、背後にある感情の複雑さや大きさが感じられよう。

鏡みておのれの顔の中に棲む母を見つける父をみつめる

命日に形見のバッグ開けてみて母のティッシュがそのままにある

象徴の使い方も巧みである。本集の表題歌〈午前零時かぼちやに変はる時間です　かなしみひとつ塊として〉では、シンデレラの話におけるかぼちゃの馬車が、老いにともなう辛酸甘苦の象徴になっている。著者によれば「五十代からの老いは、シンデレラの馬車がかぼちゃに変わってしまうイメージだったが、いざ六十代へ突入してみると、『かぼちゃは食べると甘くて美味しい』と馬車から変貌したかぼちゃの方が旨味があって（中略）大好きである」とのこと。「辛酸苦」だけでなく、「甘」があるところに、読者は救いを感じられるが、歌集全体が一つのかぼちゃである気もしてくる。

シンデレラの童話を踏まえた右歌では顕著だが、中川宏子の歌で見逃せないものに、物語性がある。左二首などは、アニミズムの歌としても読めるが、それぞれ物語の場面のように機能し、読者から物語規模の連想を引き出す。太陽の一首には、神話的な聖性さえ感じられる。

太陽の手、月の手星の手あらはれて幼きわれの髪を直しぬ
雨の夜は口のしだいに尖（とん）がりてそのまま鴉になりて眠りぬ

本集最後の一首において、「藤色」の人生のなかにひかりが溢れて春を待つ著者に、やってくる次の春は、冥府の神ハデスの舌を春楡の「まみどり」に見た、昔の一首のような恐しいものではないだろう。色は渋くなれども、かぼちゃのように甘くなるのだ。歌人・中川宏子の人生が、これからもかぼちゃのように甘く、ひかり溢れるものであることを願いつつ、拙い筆を擱くことにする。

まみどりのハデスの舌を震はせて春楡は風に揺らぎやまざり
藤色の人生（ひとよ）のなかでひさかたのひかり溢れて春を待ちをり

腹水をけふも抜きたるわが犬は五リットル分痩せて歩みぬ

生れたての真珠のやうに清しくて目を細め視る冬の太陽

うちそとに鬼が居すわる日常よ　もとより鬼は先住民なり

「目玉焼き」なんて過酷な言の葉を朝のはじめに夫に告げたり

小走りに牛乳パックを捨てにゆく資源の日にはなぜか元気で

もうすこし斜めに風を受けてくれ真冬のポプラに言つてみたけど

鏡みておのれの顔の中に棲む母を見つける父をみつめる

絵描きは絵だけ描いてをれ

庭に咲く梅の紅美し一列に枝に並べる稚児のかんばせ

朝夕に障子に影をおとしたるカクレミノの葉揺れて愉しき

身廻りにふたたび白が増えゆきてやはらかき夜着コットンガーゼの

離離離離(りりりり)と口からこぼれることば花　床に散らして真夜の満月

ふらここの児らはひたすら空を見る白シャツはみな鰯雲なり

息　てたい生きてゐたいと願ひをりしあはせさうな川音を聴けば

嗣治(つぐはる)の「絵描きは絵だけ描いてをれ」を頭に刷りこみて歌書に向きあふ

帰天せし犬の名を呼ぶわれはもう涙まみれの黒き母犬

唯一の味方であつた　冷めていく犬のからだをずつと撫でやる

遺されし骨逞しく横たはる享年十四ジュディ逝きたり

遺骨置きし祭壇わきの玄関に犬の香つよくいまだ残りぬ

味のなき涙ながして数百日わたしはきつと堅香子の井戸

落武者の刃先か細く光るやう弧を描いてはほたる飛びかふ

こののちの再発検査思ひつつはかなき光を尊びてをり

ペンタイプインスリン注射に疲れては滝沢亘をふと思ひ出す

向日葵のしをれちまつたま黒なるかんばせおもふ　中也のかなしみ

魚は白梅、肉は紅梅

シュレディンガーの猫のごとお互ひに横臥し過ごす家族といふもの

百円の毛糸で編んだ小袋は穿刺針なる青でいつぱい

天と地が反転したやう　黄いちやうは道一面に散り敷かれをり

がん研はうす黄みどりの色あふれ光あふれてなんか愉しい

顧みて五年の月日は険しくて人並・フツウの感覚がない

失くなりし臓器がわれを呼ぶ夜は下腹がぐいと張りてきたりぬ

舞茸はおのが手形に似てゐると八百屋に二つ揃へて買ひぬ

歳月は翼もつ馬　立春に夕陽にむかひ顔を上げたり

紅梅の林に行かむ厨辺（くりやべ）に鰺を焼きつつスクワットせり

梅花にて支払ひできれば楽しからむ　魚（いを）は白梅、肉は紅梅

職退きし夫がソファーに眠る春われは不慣れな家計簿つけて

花散ればすこし安らぐ春となる　癌病みてより地上は異界

手を伸べるやうに咲きみつ雪柳うつくしきもの小さくていい

雀に花を

雨粒が心の裏にはりついて歯切れの悪き返事をしたり

目薬をうつくしくさす方法を飽かず想ひぬ梅雨晴れの日

目眩(めくら)ましみたいな増税　財布開けポイントカードを捜してをりぬ

病院へ通ふが日課となりゆきて暦に内科・歯科・内科その二

亡母(はは)くれし時計壊れて家の中動かぬ時計しづかに増える

少女期のこころ半分守りきてけふは雀に花を投げたり

花びらのやうに歌集を散り敷けば凍えずにすむ　氷日(ひじつ)のまひる

コロナ以後

二〇二〇年一月から二〇二三年十一月まで

コロナウイルス

新型のウイルス正体知らぬままネットに割高マスクを買ひぬ

見えぬウイルス身近な予防あどけなく子らはマスクをして遊びをり

こまごまと手洗ひマスクうがひして己は無事と言ひきかせたり

買ひ占めにマスク求める気配してネットに上がりゆくその値(あたひ)

ダイヤモンド・プリンセス号スタッフの疲労は如何に　船底の部屋

葉牡丹を鵯がみな食みし朝　国内初の死者のニュースが

紅梅の梅がきれいに見えなくて眼裏にあるウイルスの花片

エアロゾル感染つてなに　聞き知らぬ言葉にまどふ　空は青空

北にあるわれの教会　ネットにて青いステンドグラスに祈る

子ら遊ぶ苑は奇妙に明るくてウイルスのクラスターまだ遠い

イースター目前にしてヨハネ書に頭を垂れて祈りつづける

コロナとふ太陽の輪のウイルスが社会をしづかに壊しゆくなり

シャッターの降りた町町　マスクしてゾンビのやうにわたしは歩く

完売の文字の羨しさ　目を逸らす日本のマスク無くなつた棚

ハンディな消毒液と税金の振込用紙バッグに入れぬ

新聞の番組欄にスポーツがなくなつてゐる　ウイルスの呪ひ

最強の吉田沙保里もかなはない　王冠をもつコロナウイルスに

人同士触れあふことを禁じたるきつとサタンはスポーツ嫌ひ

「雀とは寂しい人間の慰めです」白秋の本あさあさに読む

いつの日か来るやも知れぬサザビーでアベノマスクに高値がつく日

巨星落つ

「先生は死んでゐません」幾度も新聞記事を叩いてをりぬ

雷神が降りてきた庭　いつまでも心の震へ止まらないなり

悪くない横目で見ては笑ひたり歌会で歌を評するわが師

いつの日も書いてる方でありました　新幹線でも発行所でも

いつの日も読んでる方でありました　家のをちこち読みさしの本

存在が光であつた会へずとも今も光がそこにあるやう

こゑ聴けば落ち着いてゆくこころなり涙吸ひとる布をもつ人

「塚本さんはね」系譜書かれて話すときひときはこゑは華やいでゐて

「ばらといふ漢字あなたは書けるかい」黒板に太く師の薔薇の文字

『鵞卵亭』の紅薔薇のうた想ふときばら園の花モノクロとなる

哀しみの袋から日日水漏れて夜の眼(まなこ)にうつすら浮かぶ

帆の下りたヨットみたいだ闇の中ひとりベッドに腰かけてゐて

蒼穹を見れば師の歌思ひ出す　死が仰向けに泣いてゐる昼

夜がきて前頭葉が淋しがる　言葉ことのは　先生がゐない

渓川のみづがくづれてゆくやうに先生のゐない八月が来ぬ

頭（づ）の中が死でいつぱいになつてゐる水抜くやうに泪を流す

発光をせよ発光をせよわが身体涙の湖（うみ）が涸れないやうに

死者からのあまたの葉書膨れゐてタイ語のやうにひらひらと夢

芒穂に惹かれて道を行きゆくに呼ばれたやうに秋あかね来る

蜻蛉（せいれい）が吾に連れ添ひ付きくればかのたましひの訪れのやう

白さふるふる

左より右へと移る五十肩ゾンビになつて洗濯をする

秋空ゆ日照雨降りたり傘傾げ話すが如くお辞儀して行く

秋の陽にたがひの手の影重なつてつなぎあふやう　そのまま歩く

人気（ひとけ）なき苑にふたりで飲むお茶はほんとの味するコロナ禍にゐて

「灰黄の枝」の御歌を思ひ出しいまだ亡ばぬ絆を想ふ

花は咲きおのづと散れるコロナ禍に自然の摂理の強さを知りぬ

師走には師走の時間流れきて人と離れて会釈を交はす

冬の夜の揚出し豆腐の小麦粉の白さふるふる　ふる里の雪

冬みかん　橙色がコロナ禍の灯のごと卓に点(とも)りぬ

神奈川の医療崩壊目前に家のプリムラ赤く満ち咲く

いつなれば喪の心持ち癒えるのかサプリメントの透明な黄(きい)

一人にて散歩する人増えてきておのおの淋しい木立のやうに

花の名で

花の名で呼ばれたやうに目を覚ましあかるんでゆく日曜の朝

水中のドライアイスがつくる雲シンクの底はしろい暗闇

一匹の魚が跳ねた（さうだつた）吾子のメールを開くたまゆら

行楽に行かぬこの春公園のふたり散歩が日課となりぬ

ネットにて注文された母の日のカーネーションが届くコロナ禍

会ひたいと思ふ息子のはろばろとテレワークする水辺の家に

オリンピックは無観客にて行ふとふ正論が湧くわれらの日本

活けるときトルコ桔梗のむらさきが夏の光にきゆんきゆん弾む

ハムレットの墓掘人の洒落話　あなたとわたし平等でいい

ハムエッグみたいな仲がいいよねとステイホームのリビングに笑む

しのぶ会

令和三年六月五日、岡井隆をしのぶ会がコロナ禍にオンライン配信にて行はれた。

喪服着て十字架(クロス)を付けて正座する　良く晴れた日の師をしのぶ会

座談会に永田氏話し（さうだつた）若き日の師の元気な姿

「聞くだけで欠音字余り判ること」厳しき師のこゑ蘇りくる

思ひ出す師の絵葉書に書かれたる「小生」「頓首」太太ありき

祭壇に青カーネーション積まれゆく〈天の御霊が安らぐやうに〉

ハッシュタグ岡井隆をしのぶ会　ツイートの波押し寄せてきて

うつくしき嘘を積みたる文芸があらはれやがて一時代逝（ゆ）く　岡井隆

「うつくしき嘘を積みたる文芸」に生きし歌人（うたびと）　また会ひませう

三日に一度

神奈川の重症者病床満床とニュースは告げるゆふげのときに

どこかにはきつと生えてるりんごの木皆を正気に戻す知恵の実

「買ひ物は三日に一度」とテレビでは小池都知事の真剣な眉

デルタ株の感染力強い

感染者二千八百七十八人つひに葉月の神奈川

子らすでに遊ばなくなつた公園を過ぎれば吾に降る蟬のこゑ

ペルセウス流星群だ　淋しさのカタチ崩して星は流れる

アミノ酸ビタミンDの噂聞きコロナ禍サプリは日毎増えゆく

コンビニのナナコカードの出す音はまだ見ぬ春の野の鳥のやう

ＣＤに限界はきてショパンまた秋の月夜に死んでしまひぬ

神風のやうにコロナは収まつて感染者つひに二桁となる

マスクして車窓より見る栗名月をさなの笑みのやうにかがやく

侵略されるウクライナ

二〇二二年二月二十四日ロシアがウクライナに侵攻した。

うつし世に鬼ひた走るマリウポリあまたの子らは攫はれてをり

幼稚園砂場の中にミサイルが不発のままに起立してゐて

マリア（聖母）とふ名のマリウポリ　ミサイルに建物九割瓦礫となりぬ

国境を越える人達ツイッターに無事を書き込む　リツイートされ

単純なZ（ゼット）の印を脇に付け戦車連なるキーウ郊外

消えてゆく明日かもしれぬ運命を撥ね除けるゼレンスキーの檄（げき）

青と黄の国旗は揺れて渋谷街平和を祈るデモ隊が行く

桜花あひより仰ぐ太陽よ核で脅した侵略許すか

ぶちやぶちやと桜雨降る夢にても虐殺遺体あまた転がる

自転車で犬と散歩の大男撃たれ仰向けに永眠したり

赤いリードを握つたままに殺された男の側に寄り添ふ犬は

四歳の金髪男児道の辺に射殺されをり人形のごと

ブチャ地区に生きて残つた老女ゐて主への祈りの虚ろな眼(まなこ)

レイプされ火を付けられた女性遺体その上(へ)に白い雪が降つてる

戦争は憎しみを生み憎しみはさらに血を呼び装甲車行く

駅の中打ち込まれたるミサイルに「子供らのため」とロシア語の白

マリウポリ地下要塞を前にして「降伏せよ」とロシアの罠は

アスファルトが住宅地と混ざりあひイジュームの町消えてしまひぬ

新たなる集団墓地に眠りゐるマリウポリの人ら安らかにあれ

空蟬と思へどさらに血にまみれ道の遺体は土を握りぬ

夕つ方流れるニュース一番に虐殺遺体映してをりぬ

マリウポリ封鎖せよとはプーチンの兵糧攻めとふ企みゆゑか

大戦後七十七年続きたる日本の平和守りきれるか

胸元に幾度十字（クロス）を切るわれかひと月経ても助け無き街

みどりとは戦ぎのにほひ　青と黄のウクライナカラー混じつて光る

星めぐりの歌

ちぐはぐな暑さが来てる水無月は歯を磨くのにメガネを外す

逝き逝きてまた会ひませう　夏の夜は賢治の書いた星めぐりの歌

桃色のマスクが流行りファミレスが満席となる　コロナ終はるか

甲子園優勝の旗あまさかる白河を越え東北（きた）へと向かふ

あれこれと発癌性を調べては単純化するわが家の献立

『魔王』とふ塚本邦雄の沼は美(は)し　浸りて潜れば戦ぐ音して

地獄から這ひでるやうな声あげて私は起きる厳寒の朝

閑吟集狂言小歌をうたひつつ月あるやうに天井を見つ

誰もみな重い荷を引き歌会へと向かふものだと教へくれし人

癌といふ負荷解き放ちこの春に坂本龍一天に昇る

癌ふたたび

がん告知二回目となり台風と猛暑来てをり窓の外では

ウクライナダム決壊のごと体内に崩れる音はきしきしとせり

鏡中にふたつの乳房垂れてゐてその不具合がふいに愛しい

入院に必要なものあれこれと捜しては買ふネット社会に

納戸よりウィッグ三つ取り出して気力あるうち洗つてしまふ

歌詠みの生涯何首詠めば済む　海鳴りのやうに詠つてゐたい

検査待ちの時間は喪服　ふかぶかと誕生日には帽子を被り

サスペンスドラマを見てはゆふまぐれ頭のなかに死体のみ残る

検査にて細いカニュレが乳房を貫いてゆくエコー画面に

生検が終はつたのちの乳房はしだいに不穏な縹(はなだ)色へと

こんなとき飛蚊症が訪れて右眼の端に黒きが浮かぶ

安息日あまたの流れ星が降る画面を観てる伊勢の花火を

手術まで十週間も待つなんて本当に多い乳癌患者は

熊蟬のはげしく鳴いて盛夏なり吾より生をふかく愛して

ヘヴンにもヘルにもゐない　星かしら　わたしは影を死人にしてる

死線にはすこし離れたわたしだが忘れられてく夕陽みたいだ

うす茶せるあぢさゐの青立ち枯れて総白髪まで生きてみたいが

癌といふ壁を乗り越え見えてくる景色のなかで抱きあひたい

手術前はすべてがおぼろ　けふ不意に団扇の風のやさしさに泣き

オペレーション・ハイ

朝が来て猛暑になつて夜がくる手術待機は夏のみの虫

コロナ患者急に増えきて内科にも発熱してる人らが座る

癌もまた二度目となれば気力から奪ってゆくか　夏の青空

亡くなりしわれの家族が一人づつお見舞ひに来るあかときの夢

入院の準備は生きる準備だと水色の服たたむ猛暑日

蟻のごとコロナ患者が増えてゐる手術の前にどうすりやいいのさ

飛んできた種から花を咲かせてる真白き百合よ（まだ頑張れる）

九人に一人は乳癌わづらふ世をみなの胸はかろがろ過ぎる

フウフウと息吐きながら入れるヨード　手術前日腋あをく染め

麻酔醒め新たなわたし（産まれたり）テンション高く一気に喋る

ナース待つ夕暮れとても長くつてひかがみの下伸びてゆきさう

有明は明けゆく処　ビル街をバター色へと染め上げながら

退院の日に咲く庭の薔薇一輪小さな紅にしづかに触れる

病理結果告げられる日の前の晩断頭台に立つ心地して

手術のみ追加治療のなくなればなんだかけふは空が高いな

ステージがⅡからⅠへと低まれば遠くへ跳ねるウサギになりたい

癌のわれ人とは違ふと肯へば一瞬にして砂漠の夕陽

秋の夜に風呂に浸かれば沈んでる真一文字の傷口寡黙

藤色の人生（ひとよ）のなかでひさかたのひかり溢れて春を待ちをり

あとがき

本集は二〇一一年五月から二〇二三年十一月までの千数百首の中から約四百七十首余りを収めた。この十二年間は闘病と執筆が私のすべてだったに等しい。その間の膨大な歌数を前に絶句して立ち往生してしまっていたが、思い切って角川『短歌』編集部へ電話してご相談してから、すべて良い方向に進んだように思われる。歌稿を削って削ってまた見直しての作業は思いの外愉しかった。師の岡井隆さんが天からお見守り下さっていると日日の祈りのなかに思っているので、なんだか背中が温かく感じられた。

私の癌との闘いは二〇一三年二月の癌告知から始まった。詳細に検査すると子宮体がん三期であった。手術後の一回目抗がん剤治療でほぼ危篤のようになり治療を断念せざるを得なかった。抗がん剤エリートになり損ねた劣等感はその後も私を悩ませた。また、後遺症もあっていまだに続いているものもある。しかしながら、幸運にも二〇一九年一月に完治宣告を受けることができた。二つ目の癌は乳癌で二〇二三年六月に発見された。こちらの癌は十月の病理検査でステージがⅡからⅠへと下がったのでこれも本当に幸運なことだと主の恩恵を感じている。追加治療の放射線療法は臨床治験への参加を表明して受けていない。また、ホルモン療法はメンタルが弱く抑鬱が出るだろうとのことで主治医から「止めましょう」との判断をもらった。そのお蔭で、歌集が編めているわけなので、幸運なのだろうとすべてに感謝している。

この長い闘病生活の中で、三人家族だったわが家から息子が独立し、夫婦ふたりの生活となった。その上、夫が定年退職し、静かな生活へと入った。家族の形が変貌しても愛情は変わることがない。私は家族をふかく愛している。

タイトルの『かぼちやに変はる』は本書の〈午前零時かぼちやに変はる時間です　かなしみひとつ塊として〉から取った。私にとって五十代からの老いは、シンデレラの馬車がかぼちゃに変わってしまうイメージだったが、いざ六十代へ突入してみると、「かぼちゃは食べると甘くて美味しい」と馬車から変貌したかぼちゃの方が旨味があって良く宝物のように思える。かぼちゃが大好きである。

何よりもまず尊敬する加藤治郎先生に帯文を書いて頂けたことに感謝する。加藤先生は私が最初の癌のときから励まし続けてくれた恩人の一人である。とても心が深い先輩に恵まれて幸せです。本当に有難うございます。

さらに、尊敬するお三方に栞を執筆して頂けたことに深く感謝している。三井修さんには同人誌「りいふ」にお誘い頂き、懇切なご指導を頂いて有り難く思う。また、森川多佳子さんは乳癌への丁寧なご助言とまた聡明な短歌のお話しぶりで尊敬してやまない。さらに堀田季何さんは『伊太利亜』の英独訳で本当にお世話になり、素晴らしい知己を得た思いである。皆様ご多忙な処ご執筆頂き有り難うございます。

生前の師の岡井隆さんから頂いた数々のご教示は、これからも私の生きる指針である。ご逝去の折には暗闇にいるようだったが、月日が癒やしてくれた。迷ったときには「岡井先生ならどうするだろう」と考えて慎重に行動するようにしている。

最後になったが、角川『短歌』編集長の北田智広さん、編集部の吉田光宏さんに御礼を申し上げる。親切にご助言くださりお導き頂いて本当に感謝申し上げます。また、装幀家の片岡忠彦さんにも御礼申し上げる。どうもありがとうございます。

二〇二四年一月

中川宏子

著者略歴

中川宏子（なかがわ ひろこ）

1960年　宮城県仙台市に生まれる。

1982年　上智大学文学部ドイツ文学科卒業。

1999年　未来短歌会入会。岡井隆氏に師事。

2004年　連作「マティスに捧ぐ」で2004年度未来賞受賞。

2006年　連作「ＤＭＺ」で第17回歌壇賞候補。研究会十月会参加。

2007年　第一歌集『いまあじゆ』（砂子屋書房）刊行。

2011年　第二歌集『右耳の鳩』（砂子屋書房）刊行。同人誌「りいふ」に参加。

2013年　日本短歌協会理事就任。
文芸誌「Ganymede」に参加。以後、短歌、短歌時評、ドイツ詩訳等執筆。『伊太利亜』（岡井隆著）の独訳を連載。英訳は堀田季何氏。

2019年　『伊太利亜』（岡井隆著・堀田季何英訳・中川宏子独訳、砂子屋書房）刊行。

現代歌人協会、十月会、横浜歌人会、日本歌人クラブ会員。

歌集　かぼちゃに変はる

初版発行　2024年5月27日

著　者　中川宏子
発行者　石川一郎
発　行　公益財団法人 角川文化振興財団
〒359-0023　埼玉県所沢市東所沢和田3-31-3
ところざわサクラタウン 角川武蔵野ミュージアム
電話 050-1742-0634
https://www.kadokawa-zaidan.or.jp/
発　売　株式会社 KADOKAWA
〒102-8177　東京都千代田区富士見2-13-3
電話 0570-002-301（ナビダイヤル）
https://www.kadokawa.co.jp/
印刷製本　中央精版印刷株式会社

本書の無断複製（コピー、スキャン、デジタル化等）並びに無断複製物の譲渡及び配信は、著作権法上での例外を除き禁じられています。また、本書を代行業者等の第三者に依頼して複製する行為は、たとえ個人や家庭内での利用であっても一切認められておりません。
落丁・乱丁本はご面倒でも下記KADOKAWA購入窓口にご連絡下さい。
送料は小社負担でお取り替えいたします。古書店で購入したものについては、お取り替えできません。
電話 0570-002-008（土日祝日を除く 10時～13時 / 14時～17時）
©Hiroko Nakagawa 2024 Printed in Japan

ISBN978-4-04-884584-7 C0092